점과 선

Norton Juster
THE DOT AND THE LINE
Random House, N.Y. 1963

Translated by Mi-Rim Lee
© Benedict Press, Waegwan, Korea 1982

점과 선
1982년 2월 초판 | 2018년 4월 13쇄
옮긴이 · 이미림 | 펴낸이 · 박현동
펴낸곳 · 성 베네딕도회 왜관수도원 ⓒ 분도출판사
찍은곳 · 분도인쇄소
등록 · 1962년 5월 7일 라15호
04606 서울시 중구 장충단로 188(분도출판사)
39889 경북 칠곡군 왜관읍 관문로 61(분도인쇄소)
분도출판사 · 전화 02-2266-3605 · 팩스 02-2271-3605
분도인쇄소 · 전화 054-970-2400 · 팩스 054-971-0179
www.bundobook.co.kr

ISBN 89-419-8207-3 04840

점과 선

쉬운 수학으로 로맨스를

노턴 저스터 지음
이 미 림 옮김

분 도 출 판 사

누가 뭐라든
이 책을 *유클리드에게 바칩니다.

* 옛 그리스의 수학자

옛날에
한 또렷한 직선이 있었는데
그는 점한테 폭 빠져 정신이 없었습니다.

"너는 시작이고 끝이요,
모든 것의 중추이며 골자로구나." 하고
그는 상냥하게 말했지만,
들뜬 점은 관심도 없었습니다.

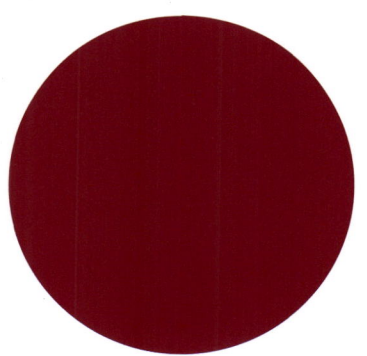

그녀는 도무지 생각이라고는 없는 것 같은
거칠고 단정치 못한 헝클이한테만 마음이
가 있었기 때문입니다.

둘이서는 온 데를 쏘다니며 노래하고 춤추고
야단법석을 떨고 깔깔대며 멋대로들 지냈습니다.

"걔는 정말 쾌활하고 자유롭고 거리끼는 게 없어.
항상 기쁨이 넘쳐흐른단다!" 하고
그녀는 선에게 쌀쌀맞게 말했습니다.

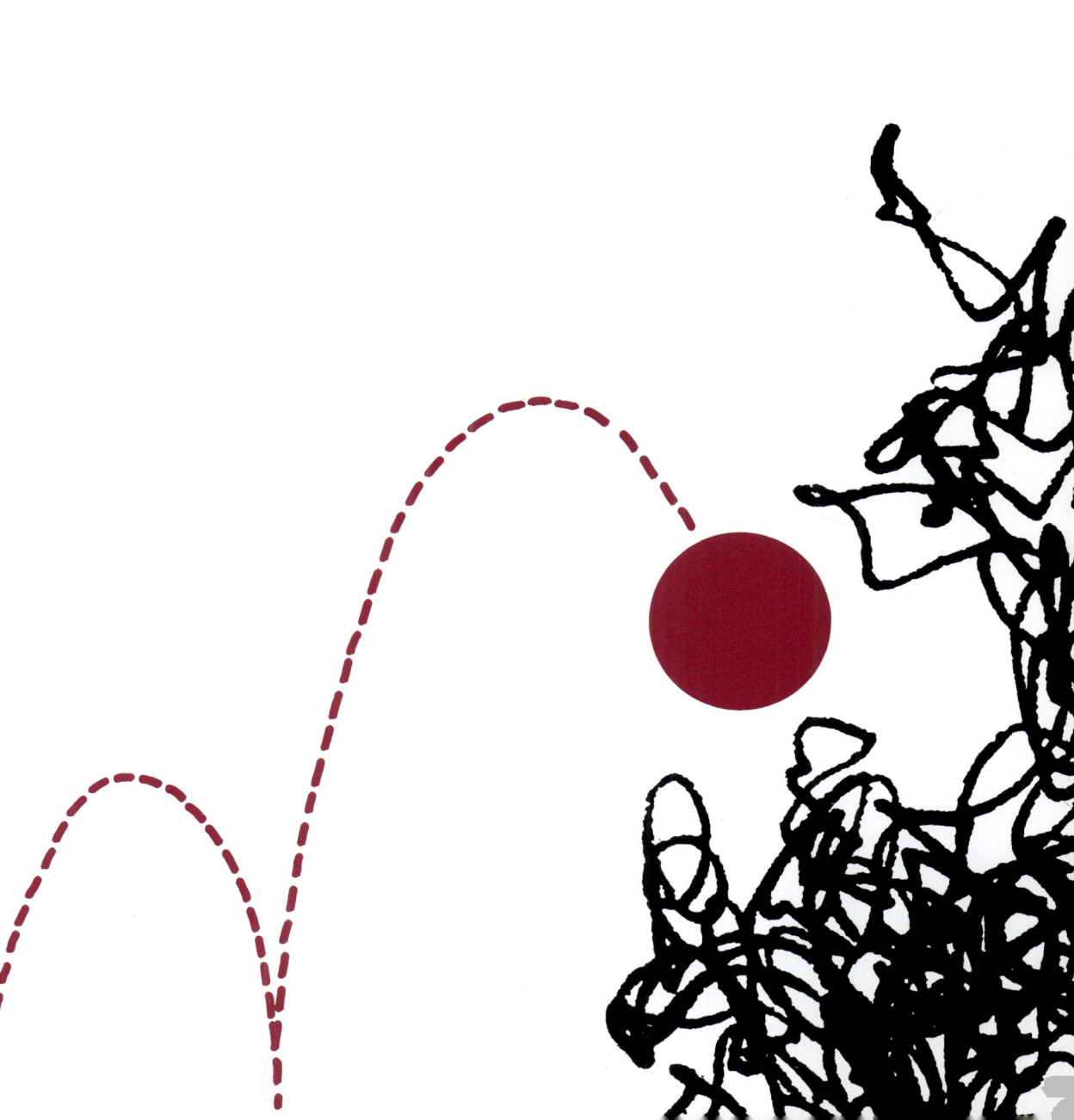

"그런데 너는 막대기처럼 뻣뻣해. 둔하고.
자기 속에 얽매여 있고 갇혀 있잖아.
외골쑤인 데다 꼭 막혀 있어.
착 가라앉아 가지고 갑갑하고 답답하단 말이야.
자기 감정을 짓밟고 억누르고 꼼짝도 못하게 하지."

"얘, 마음을 바로잡거든 만나러 와라."
헝클이는 높다랗게 자란 풀 속으로 그녀를 뒤쫓아 가면서
한마디 거들고 킬킬댔습니다.

"뭐하러 그래?" 하고
선은 별로 자신도 없이 대답했습니다.

"난 믿음직하단 말이야.

나는 내 갈 길을 알고 있어.

나는 위엄이 있단 말야!"

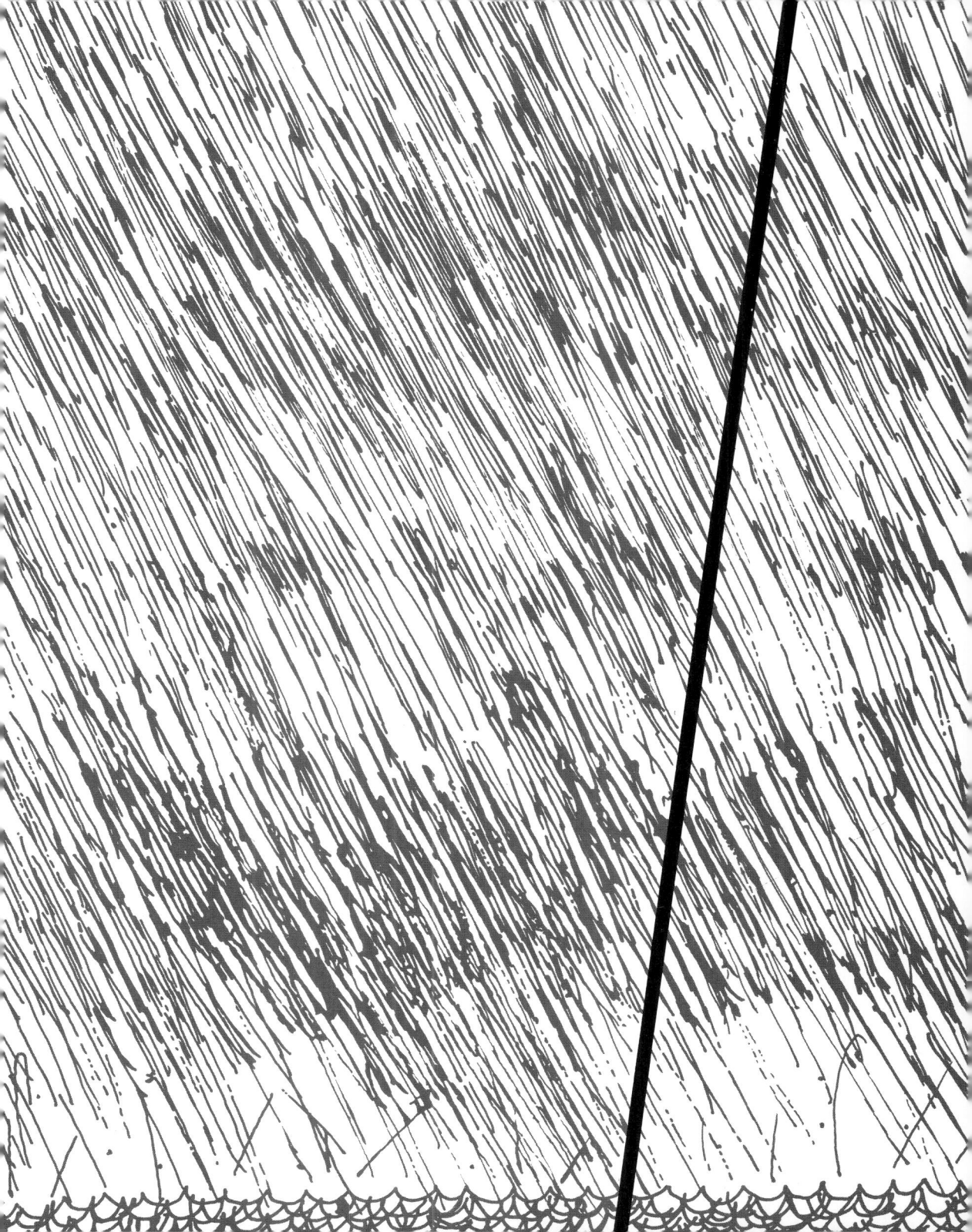

그러나 그런다고 불쌍한 선에게 별로 위로가 되지는
않았습니다. 그는 날이 갈수록 점점 더 침울해졌습니다.
먹지도 않고 자지도 않고 얼마 안 가서
안절부절못하게 되었습니다.

걱정이 된 친구들은 그가 몹시 마르고 울적해진 것을 보고
기운을 북돋아 주려고 무진 애를 썼습니다.

"걔는 너한테 안 어울려."

"깊이가 없다고."

"그애들은 여하튼 다 똑같아 보이잖아.
멋진 직선을 하나 찾아서 마음을 잡지 그래?"

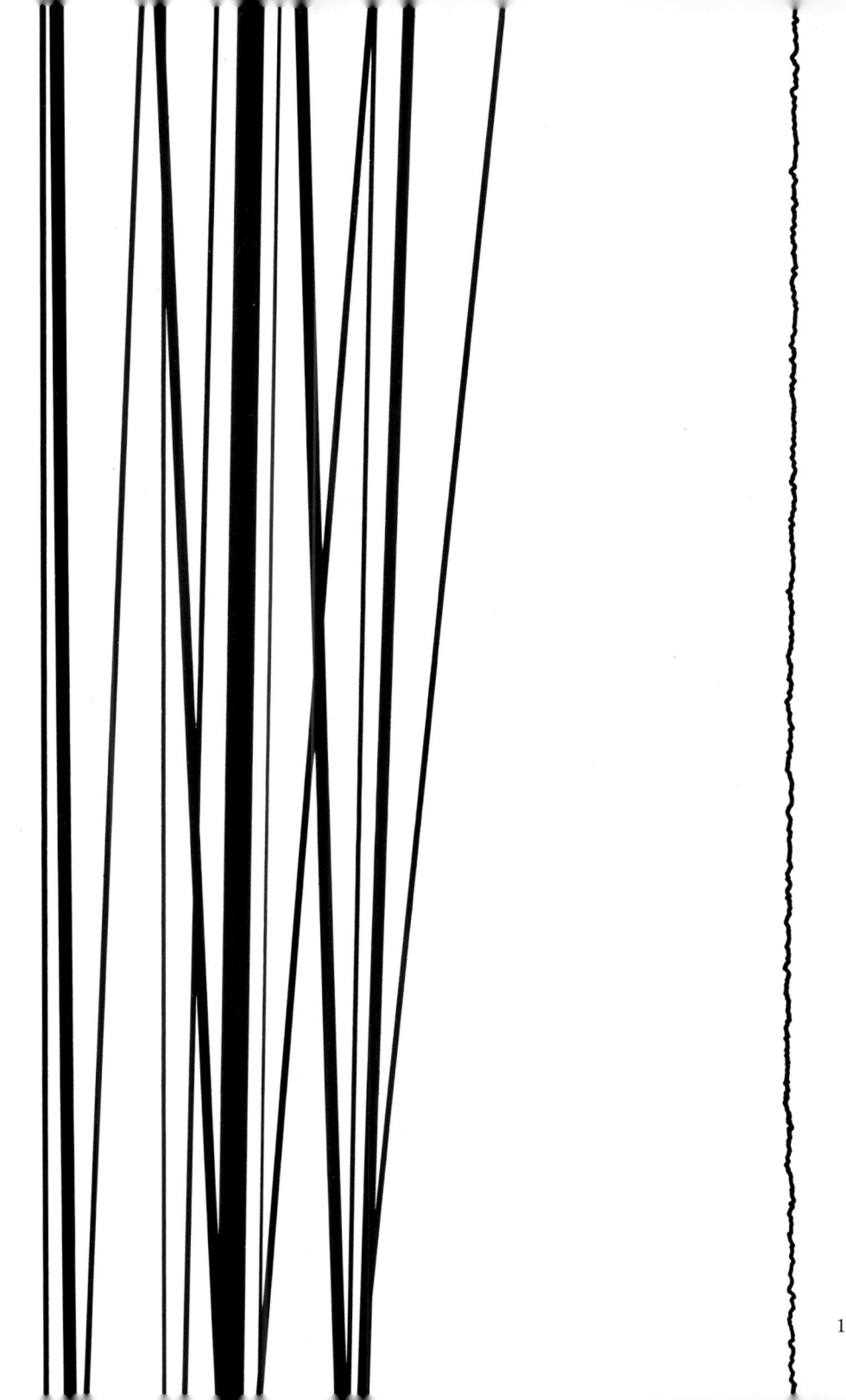

19

그러나 그는 친구들이 하는 말을 들은 척도 안했습니다.

어디로 보나 그녀는 완전하기만 했습니다.

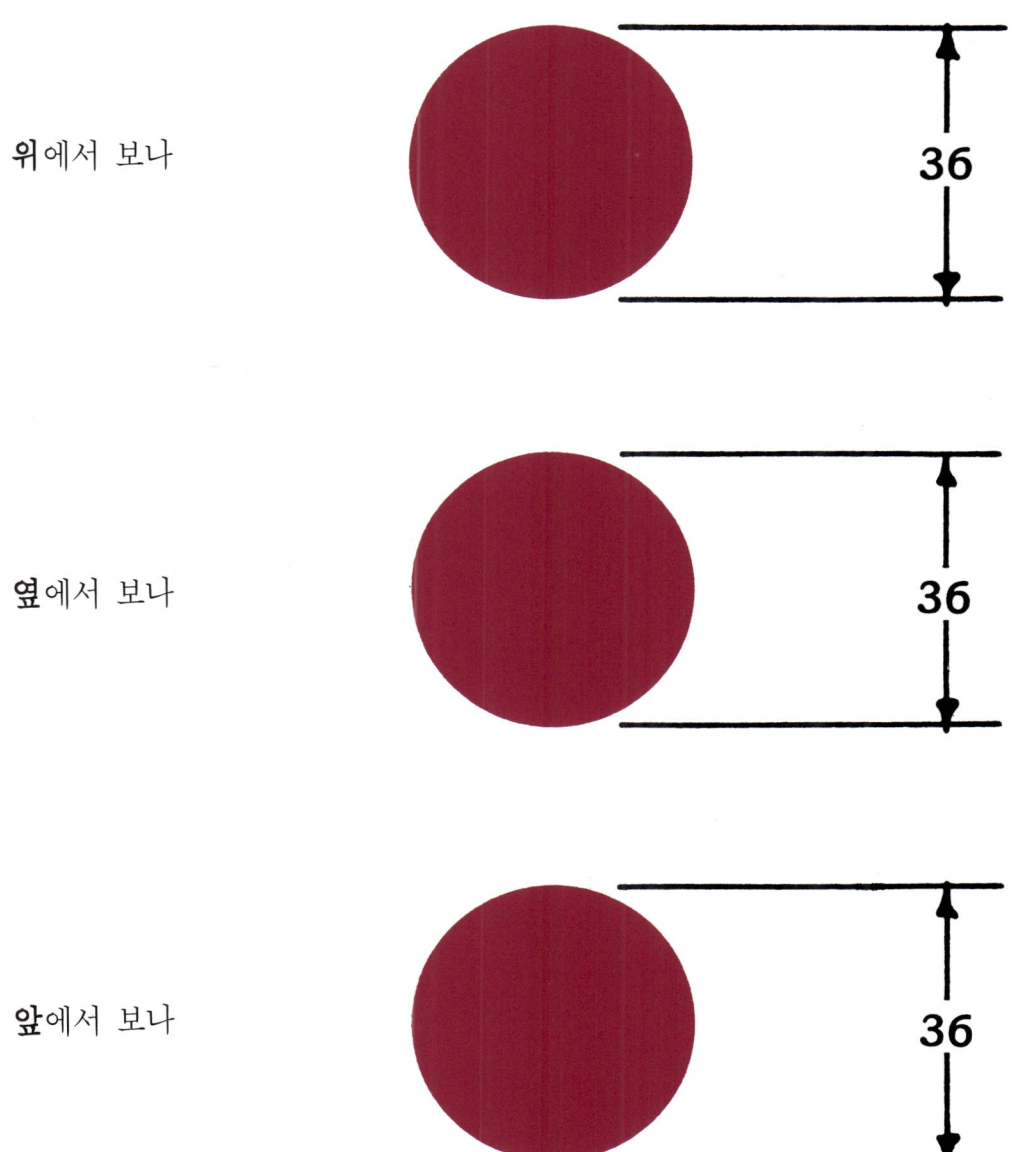

위에서 보나

옆에서 보나

앞에서 보나

그는 다른 누구도 상상조차 할 수 없는 좋은 면들을
그녀에게서 보았습니다.

"점은 내가 만나 본 어떤 직선보다도 아름답다고."
그는 그리움에 잠겨 한숨을 쉬었고, 친구들은
머리를 흔들었습니다. 그의 느낌을 이해는 하면서도
이건 좀 지나치다고 생각한 것입니다.

그리하여 그는 그 변덕쟁이 점을 그리며 시간을 보냈습니다.
그리고 그녀가 틀림없이 감탄하리라고 생각되는
자신의 힘찬 모습을 상상하면서 —.

종 점

대담무쌍하기로
이름난 자로서의 선을

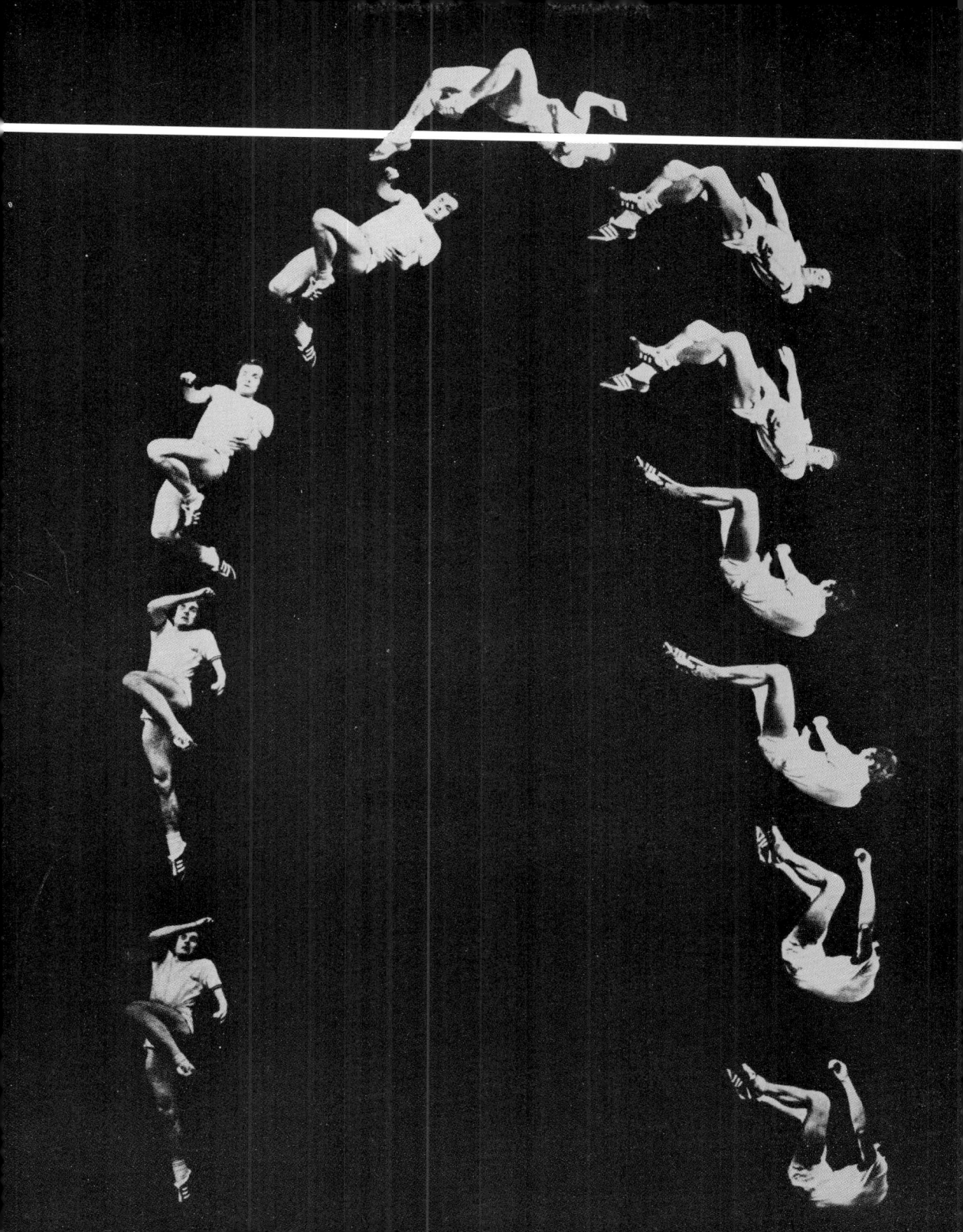

세계 문제들의 지도자로서의 선을

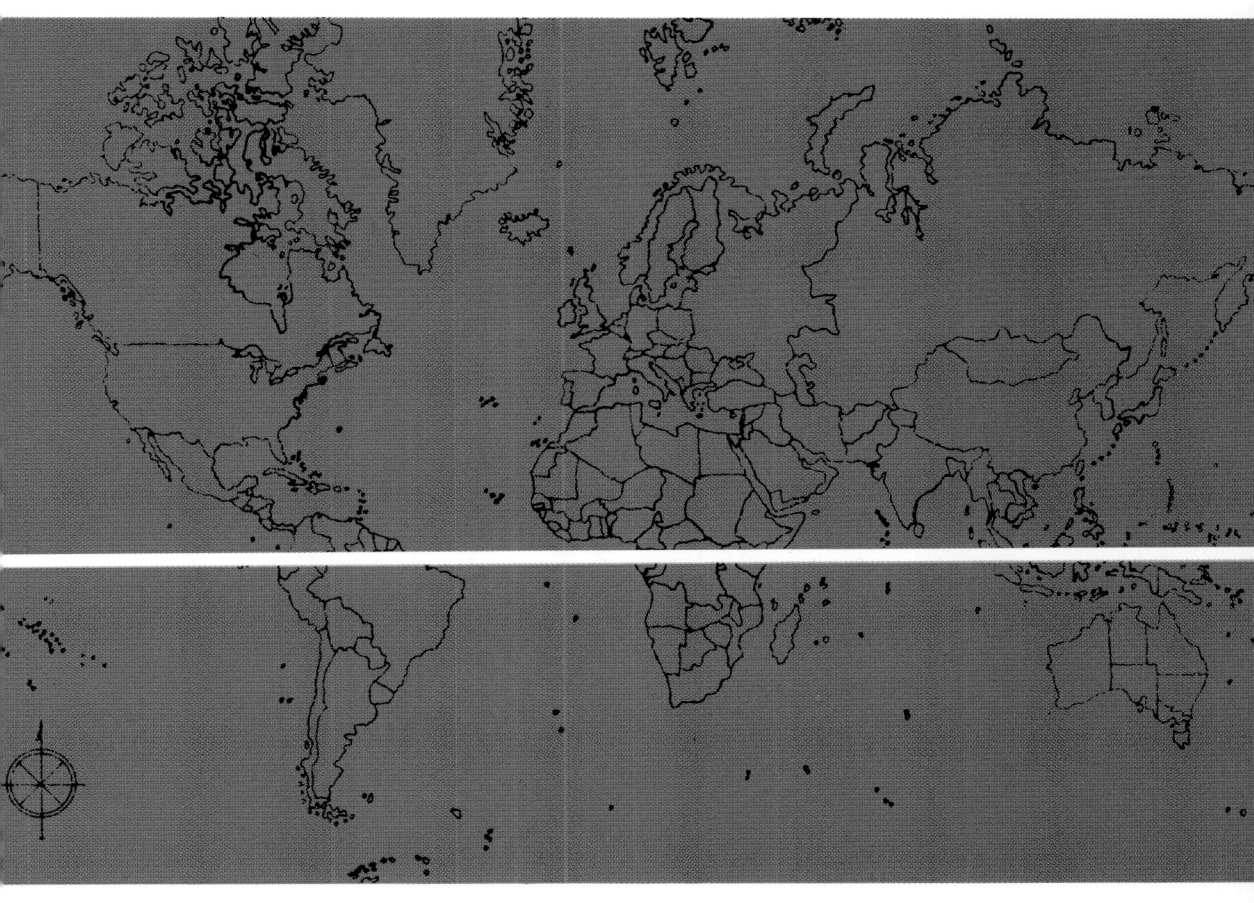

두려움을 모르는 법집행자로서의 선을

예술세계에서
유능한 실력자로서의 선을

국제적 운동선수로서의 선을

그러나 그는 곧 자신을 속이는 일에 싫증이 났고,
결국 헝클이 말이 옳은지도 모른다고 생각하게 되었습니다.

"난 자발성이 부족해.
내 안의 열정적인 나 자신을
맘껏 드러내고 표현할 줄 알아야 해."

그러나 그래 봤자 별수가 없었습니다.
아무리 자주, 아무리 열심히 애를 써도

결과는 언제나 마찬가지였습니다.

그래도 그는 계속해서 노력하고 실패하고
다시 노력했습니다. 그러다가 이젠 더 어쩔 수 없다고
막 포기를 하려는 순간,
드디어 커다란 집중력과 자제력으로
자신이 원하는 대로 방향을 바꾸고
구부릴 수 있다는 것을 알게 되었습니다.
그렇게 해서 그는 각을 하나 만들었습니다.

그러고 나서 다시 구부려서
또 다른 각을 만들고

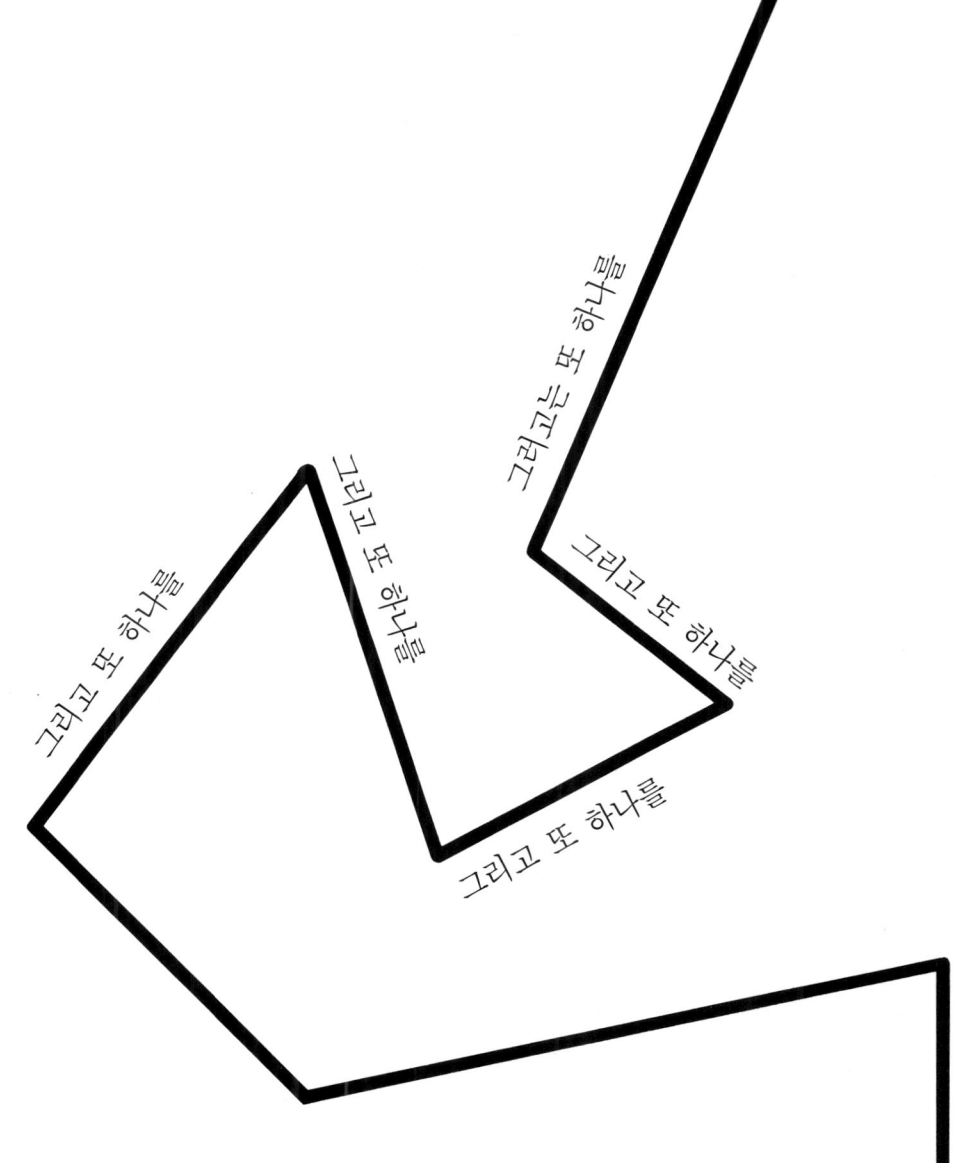

그러고는 또 하나를

그리고 또 하나를

그리고 또 하나를

그리고 또 하나를

그리고 또 하나를

"대단한데." 하고 소리치며,
그는 자기 노력에 매우 감탄했습니다.
그러고는 신명이 나서 밤이 이슥하도록 자지 않고
면과 굴곡과 각들을 정신없이 만들어 댔습니다.

"자유란 무질서의 허용이 아니지." 하고
그는 이튿날 아침 자기가 한 일을 바라보며 생각했습니다.
"아이고 골치야."
즉석에서 그는 그의 재능을 값싸게 자기를 선전하는 데
낭비하지 않기로 결심했습니다.

여러 달 동안 그는 남몰래 연습을 했습니다.
곧 그는 정사각형과 삼각형, 평행사변형, 직사각형,
다변형, 사다리꼴, 평행육면체, 십각형, 사면체,
그리고 그밖에도 수없이 많은 모양들을 만들었는데
어찌나 복잡했던지 제자리를 지키자면
면들과 각들에다 번호를 붙여야 했습니다.

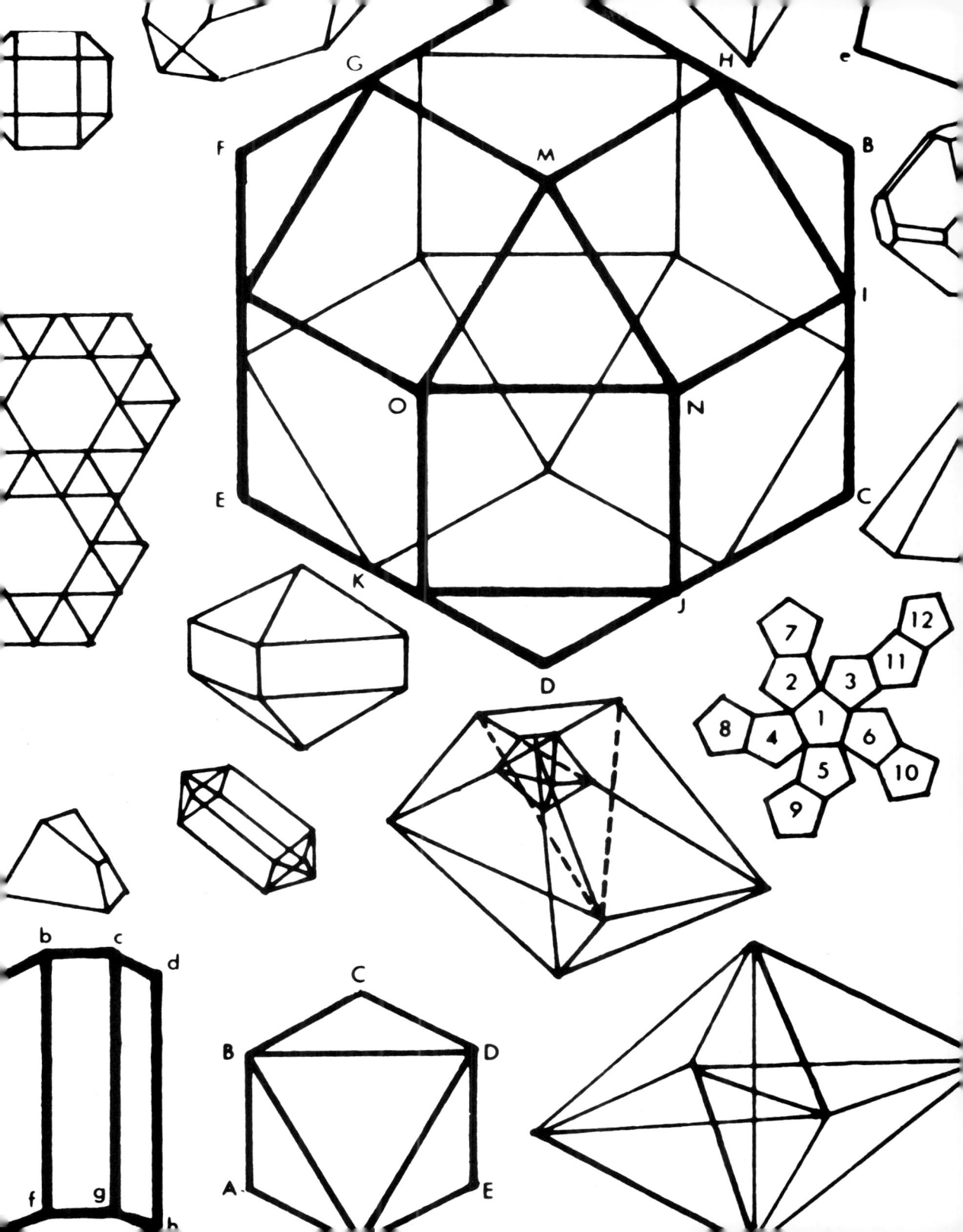

얼마 안 가서 그는 타원과 원과 복잡한 곡선들을
조심스럽게 조작할 줄 알게 되었고 원하기만 하면
무슨 모양으로든지 자신을 표현할 줄 알게 되었습니다.

"이름만 대라고, 내가 만들 테니."

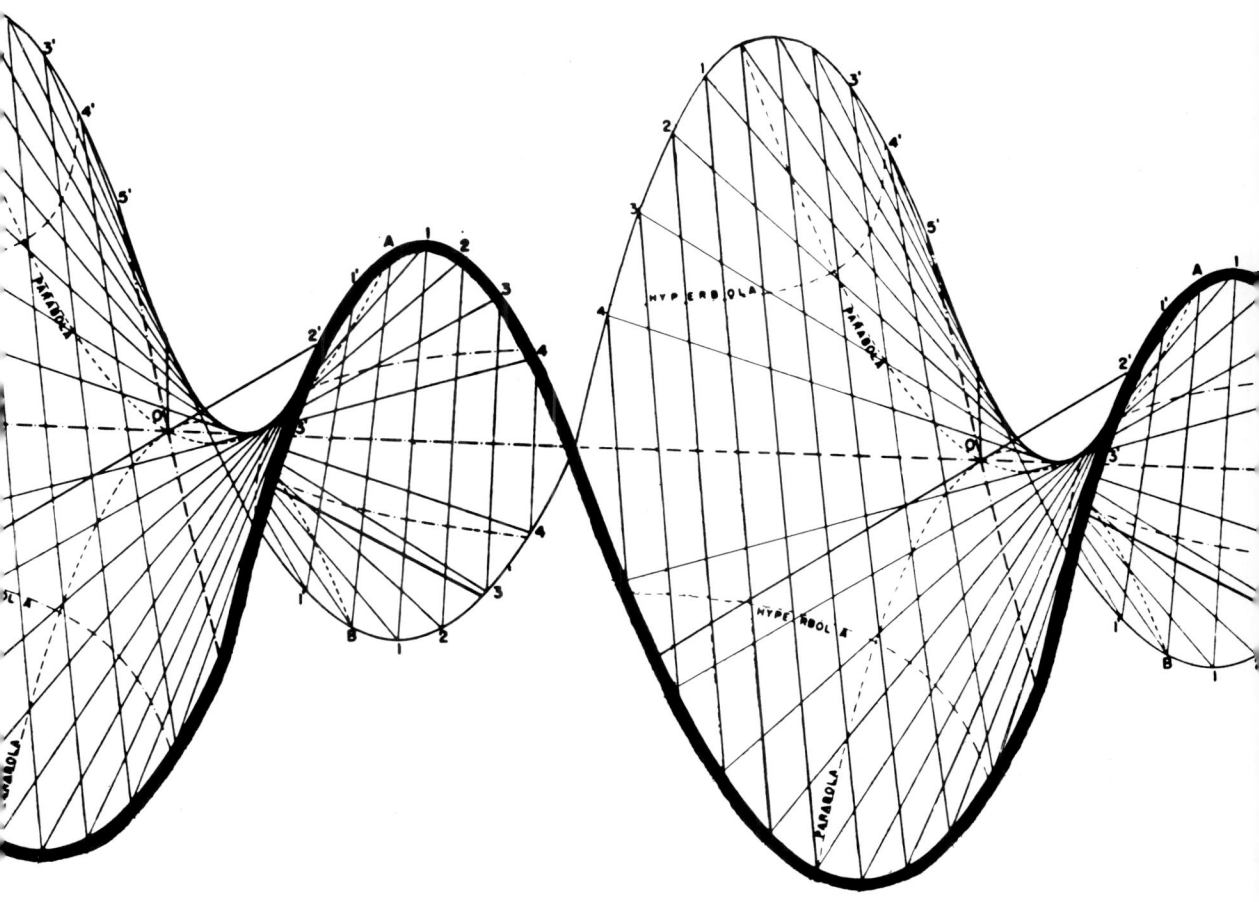

그러나 이 모든 성공이 자기 혼자에게는
아무 의미가 없었습니다.
그래서 그는 다시 한번 점을 찾아 나섰습니다.

"그는 가망이 없어." 하고
헝클이는 목쉰 소리로 말했습니다.

그러나 옛 사랑과 새 자신이 넘치는 선이
거절을 당할 리가 없었습니다.
저녁 내내 그는 갖가지 모습을 번갈아 가며
보여 주었습니다.

눈부시고

재치있게

신비롭고

다양하게

학식 있고

능란하게

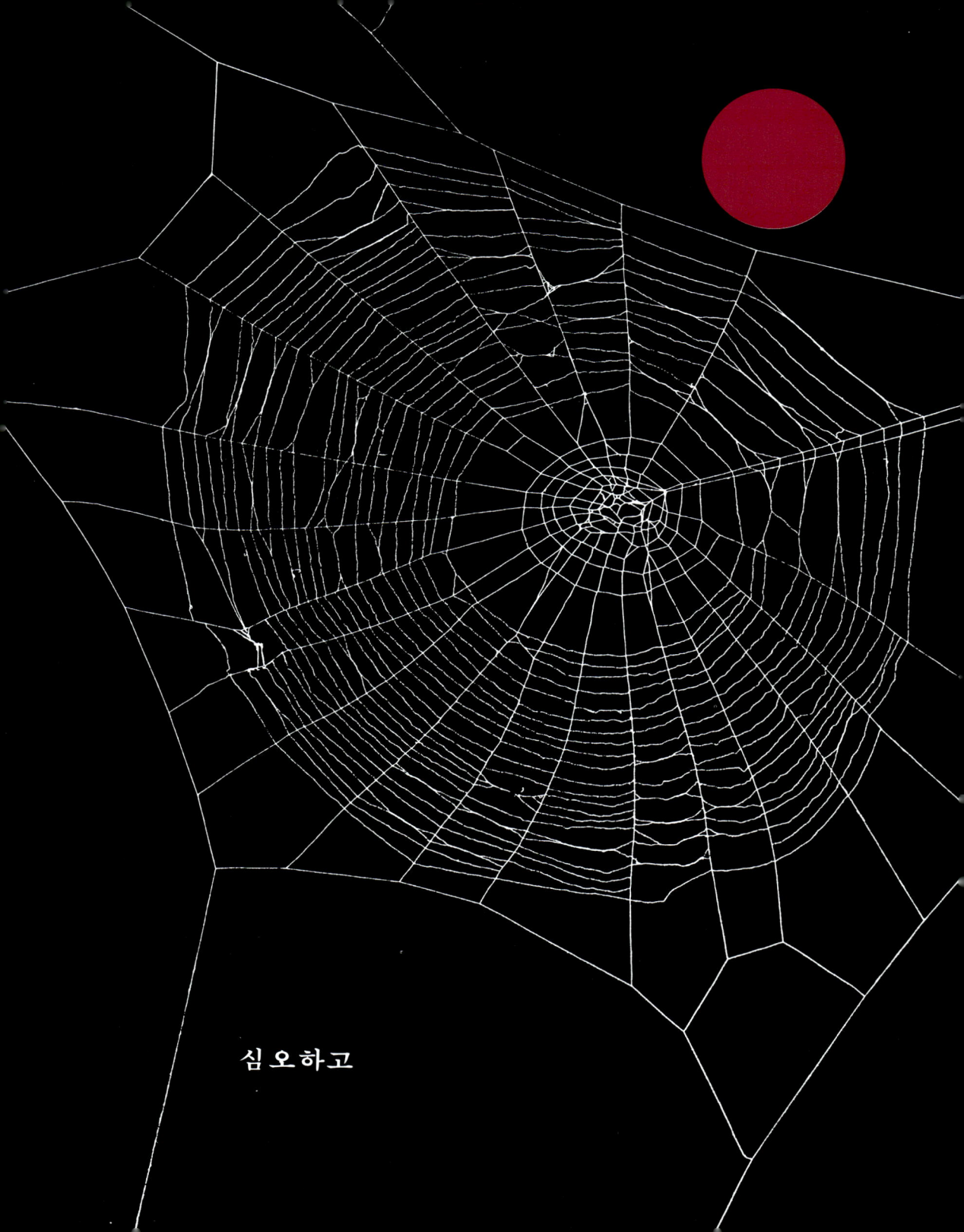

심오하고

기묘하게

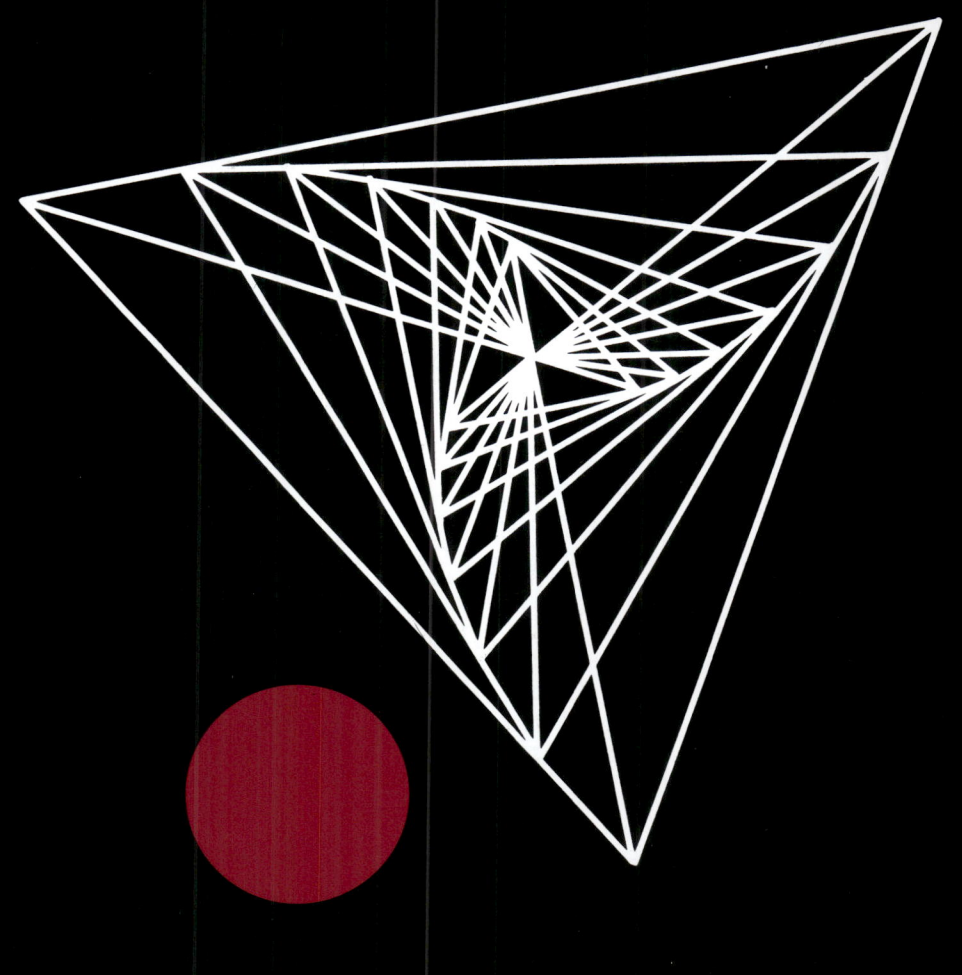

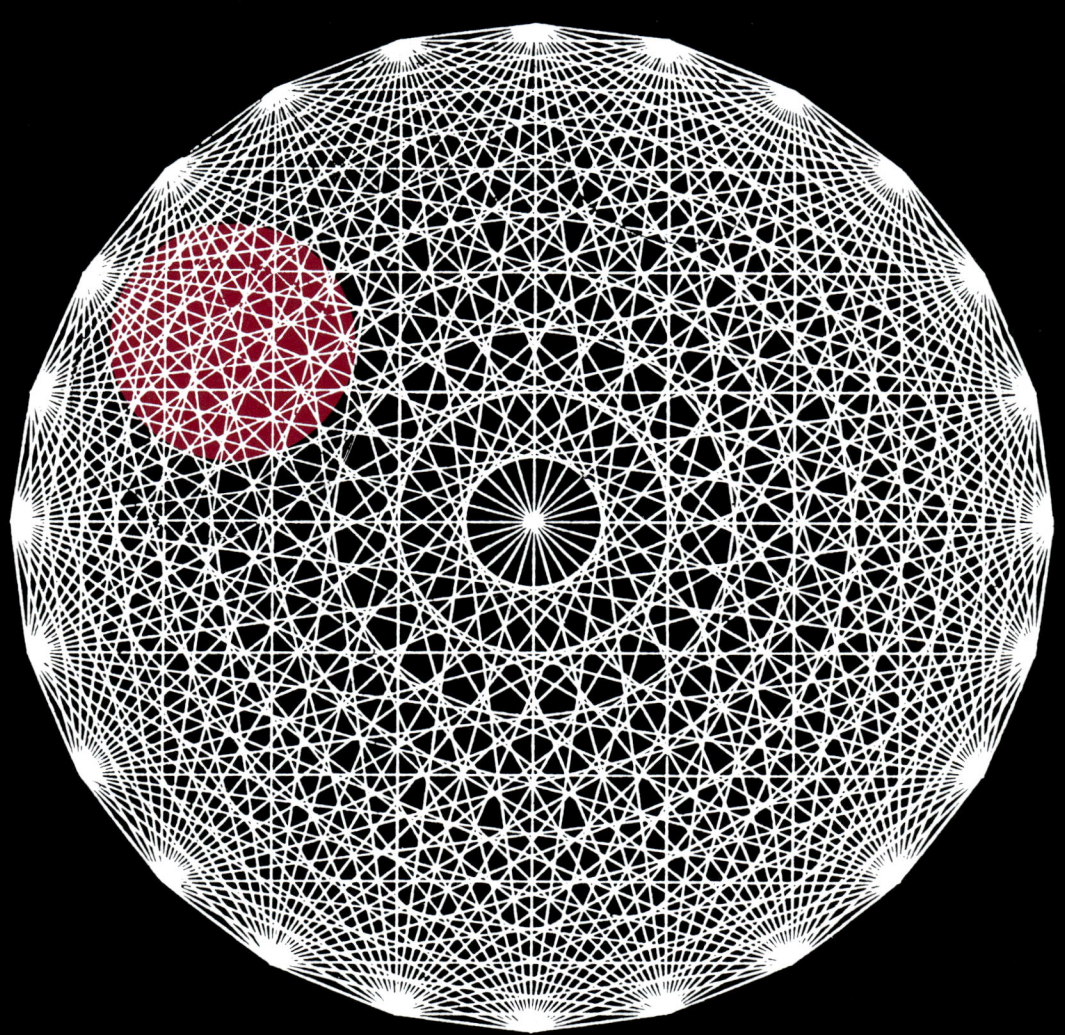

복합적이고

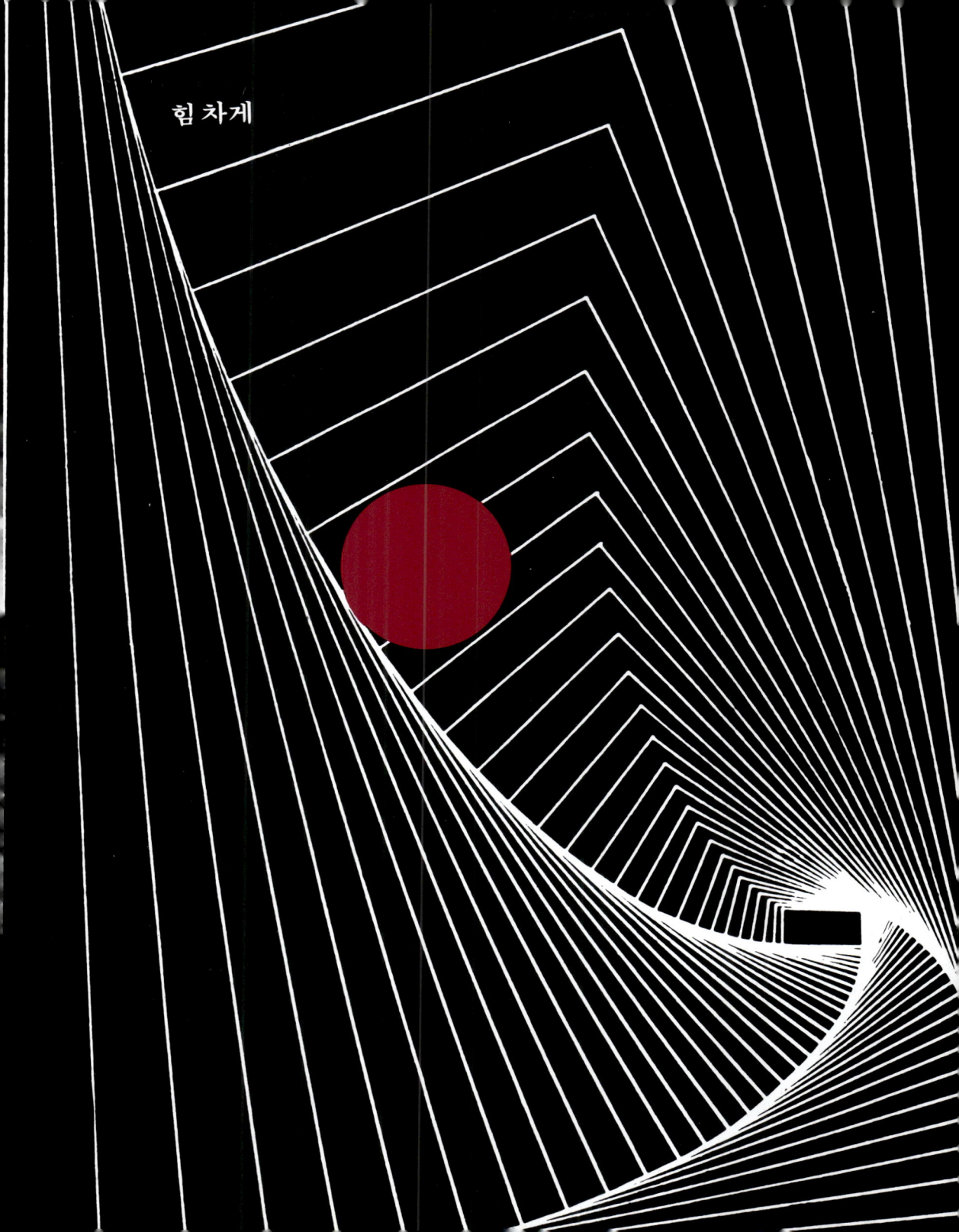

힘 차게

점은 홀딱 반해 버렸습니다.
여학생처럼 웃어 대며 두 손을 어쩔 줄을 몰랐습니다.
그러다가 그녀는 갑자기 심한 경련을 일으킨
헝클이를 천천히 돌아보았습니다.

"어때?" 하고 물으며 그녀는 그에게
무엇이든지 해 볼 기회를 주려고 애썼습니다.

뜻밖의 일을 당한 헝클이는 최선을 다했습니다.

"그게 다야?" 하고 그녀는 다그쳤습니다.

"그런 것 같아."
헝클이는 풀이 죽어 대답했습니다.

"그래, 이게 다인 것 같아. 내 말은
뭐가 어떻게 돌아갈지 도무지 몰랐단 말야.
이봐, 그 두 녀석 이야기 들었어? 저 왜 —"

점은 그가 얼마나 엉망이고 점잖지 못한가를,
얼마나 단정치 못하고 품위가 없는지를,
얼마나 예의가 없는지를
자기가 왜 전에는 몰랐는지 의아해했습니다.

그리고 문득
자유와 기쁨이라고 생각했던 것이
무질서와 게으름에 지나지 않았다는 것을
깨달았습니다.

"너는 도대체 쓸모가 없어." 하고
그녀는 쌀쌀맞게 말했습니다.
"수양이 부족하고 단정치 못하고, 무책임하고,
무가치하고, 불확실한 데다가 부주의하고,
엉망으로 생긴 데다 분수도 모르고 복도 없어."

그러고 나서 그녀는 선에게 돌아서서
수줍어하며 팔을 잡았습니다.

"그 재미있는 곡선들을 모두 다시 만들어 봐."

그는 그렇게 했습니다.

그리고 곧 그들은 그렇게 하면서 —

내내는 아니라도
적어도 제법 행복하게 살았습니다.

교훈 : 벡터, 즉 일정한 방향이 있는 힘이라야
목적을 달성할 수 있다.

THE DOT and THE LINE
a romance in lower mathematics
by NORTON JUSTER

5   *For Euclid, no matter what they say.*

6   Once upon a time there was a sensible straight line who was
hopelessly in love with a dot.

8   "You're the beginning and the end, the hub, the core and the
quintessence," he told her tenderly, but the frivolous dot
wasn't a bit interested,

10   for she only had eyes for a wild and unkempt squiggle who
never seemed to have anything on his mind at all.

12   They were everywhere together, singing and dancing and
frolicking and laughing and laughing and lord knows what else.
"He is so gay and free, so uninhibited and full of joy," she
informed the line coolly,

14   "and you are as stiff as a stick. Dull. Conventional and
repressed. Tied and trammeled. Subdued, smothered and
stifled. Squashed, squelched and quenched."
"Come around when you get straightened out, kid," the
squiggle added with a rasping chuckle, as he chased her into
the high grass.
"Why take chances," replied the line without much conviction.
"I'm dependable. I know where I'm going. I've got dignity!"

16   But this was small consolation for the miserable line. Each day
he grew more and more morose. He stopped eating or sleeping
and before long was completely on edge.

18   His worried friends noticed how terribly thin and drawn he
had become and did their best to cheer him up.
"She's not good enough for you." "She lacks depth."
"They all look alike anyway. Why don't you find a nice
straight line and settle down?"

20   But he hardly heard a word they said. Any way he looked at
      her she was perfect.

21   *Top   Side   Front*

22   He saw things in her that no one else could possibly imagine.
      "She is more beautiful than any straight line I've ever seen,"
      he sighed wistfully, and they all shook their heads. Even
      allowing for his feelings they felt this was stretching a point.
      And so he spent his time dreaming of the inconstant dot
      and imagining himself as the forceful figure she was sure to
      admire —

24   The Line as a celebrated daredevil

26   The line as a leader in world affairs

28   The line as a fearless law enforcement agent

30   The line as a potent force in the world of art

32   The line as an international sportsman

34   But he soon grew tired of self-deception and decided that
      perhaps the squiggly line might have the answer after all.
      "I lack spontaneity. I must learn to let go, to be free, to
      express the inner passionate me."
      But it just didn't make any difference, for no matter how
      often, or how hard he tried,

35   he always ended up the same way.

36   And yet he continued trying and failing and trying again. Until
      when he had all but given up, he discovered at last that with
      great concentration and self-control he was able to change
      direction and bend wherever he chose. So he did, and made
      an angle.

38   And then again and made another

39   and then another
      and then another
      and then another
      and then another
      and then another.

40   "Hot stuff," he shouted, much impressed with his efforts.
Then in a wild burst of enthusiasm he sat up for half the night
putting on an outrageous display of sides, bends and angles.
"Freedom is not a license for chaos, he observed the next
morning. "Ooh, what a head." There and then he decided not
to squander his talents in cheap exhibitionism.

42   For months he practiced in secret. Soon he was making squares
and triangles, hexagons, parallelograms, rhomboids, polyhedrons,
trapezoids, parallelepipeds, decagons, tetragrams and an infinite
number of other shapes so complex that he had to letter his
sides and angles to keep his place.

44   Before long he had learned to carefully control ellipses, circles
and complex curves and to express himself in any shape he
wished —
"You name it, I'll play it."

46   But all his successes meant nothing to him alone and so off he
went to seek the dot once again.
"He doesn't stand a chance," muttered the squiggle in a voice
that sounded like bad plumbing.
But the line, who was bursting with old love and new
confidence, was not to be denied. Throughout the evening he
was by turns —

48   Dazzling
49   Clever
50   Mysterious
51   Versatile
52   Erudite
53   Eloquent
54   Profound
55   Enigmatic
56   Complex
57   Compelling
58   The dot was overwhelmed. She giggled like a school-girl and

didn't know what to do with her hands. Then she turned slowly to the squiggle, who had suddenly developed a severe cramp.

"Well?" she inquired, trying to give him every chance.

The squiggle, taken by surprise, did the best he could.

60 "Is that all?" she demanded.

"I guess so," replied the miserable squiggle. "That is, I suppose so. What I mean is I never know how it's going to turn out. Hey, have you heard the one about the two guys who —"

The dot wondered why she had never noticed how hairy and coarse he was, and how untidy and graceless, and how he mispronounced his L's and picked his ear.

62 And suddenly she realized that what she had thought was freedom and joy was nothing but anarchy and sloth.

"You are as meaningless as a melon," she said coldly. "Undisciplined, unkempt and unaccountable, insignificant, indeterminate and inadvertent, out of shape, out of order, out of place and out of luck."

64 With that she turned to the line and shyly took his arm.

"Do the one with all the funny curves again, honey," she cooed softly as they strolled away.

And he did. And soon they did, and lived —

65 if not happily ever after, at least reasonably so.

66 *Moral: To the vector belong the spoils.*